연인
사이

이명숙 시집

2

이명숙 시집

3

차례

8

시집 한 권

9

누군가가 한 줄의 싯귀를
외우고 싶어하는

그런 글 10편 써서
시집 한 권 꾸미고 싶다

가슴에 품고 싶게 10
아주 작은 시집 한 권!

11

2022년 5월 21일 토요일

창가에 앉아 간절한 마음으로…

사랑은

보고 만질 수 있어야

사랑은 속삭여 달콤한 소리가 들려야

사랑은 가끔
가슴 속에 차디찬 물줄기가 흘러야…

12

2022년 5월 10일
결혼 53주년 나 홀로

연인 사이 1

14

지금 어디?

리투아니아 어느 거리
시간은 어느 때 쯤?
15 4시 00분
아~ 보고프다

2023년 7월 19일
건강검진을 앞두고 금식 상태에서…

연인 사이 2

16

하고픈 얘기가 많아서
순서도 없이
얘기가 섞이곤 하는 사이
연인 사이

17

연인 사이 3

18

가끔 말이 끊겨
"감기 조심하세요"
마음 깊은 곳에 감기
걸리면
19 정다움에 인색해질까
걱정하는 사이

연인 사이 4

20

표정의 칸막이 너머로
멀찍이 바라보기만 하는
아무 사이도 아닌 사이
연인 사이

21

연인 사이 5

22

속눈썹 파르르 떨며
부딪히는 순간의
희열을 본다
살포시 의자에 앉는다

아무 일 없었던 듯
온몸에 전율을 느끼며

연인 사이 6

24

너무 소중해서
생각하면
가슴이 울리는 사람

25

2021년 9월 24일 헤이리를 다녀와서 친구 둘과 나

사제 사이

26

선생님!
오랜만입니다.
따스한 악수로 온몸에
온기가 전해진다

27 선생니~임
다시 잡은 손을 흔들고
또 흔든다
(사제 사이는…)
놓을 줄을 모른다

와인 한 잔?

와인 한 잔?
난 우유 한 컵
네 그러세요.
와인은 끝내
우유가 되지 못했다.

“그림에 시를 붙여”

시에 그림을 붙여 ~~~

30

요즘 한참 재미를 붙인 석재화를
10여점 ~ 이 시집의 제일 깊은 곳
한가운데에 — 소개하고저 합니다
화가의 꿈을 달고 태어났어도 80평생을 붓
한번 잡아보지 못하다가 우연히 석재화를 알게
되었는데 붓 보다 손가락이나 주먹이나 손등으로 석재를
그릴 때의 터치감이 나를 떨리게 합니다 한점 한점
떨리는 감동의 표현이었습니다. 사랑이었습니다.
나의 남은 삶 또한 사랑이기를 바랍니다.

Jarabak Tech

치과 교정치료의 한 방법 중 자라박 테크닉에 쓰이는 .016", .018" archwire를 각각의 시점에서 움직이는 양이나 방향에 맞추어 구부려 준 wire를 석채화 그릴때 사용하는 UV Resin으로 장지에 고정시켰다.(여기 사용한 wire는 구부린 지 50년 된 wire이다.)

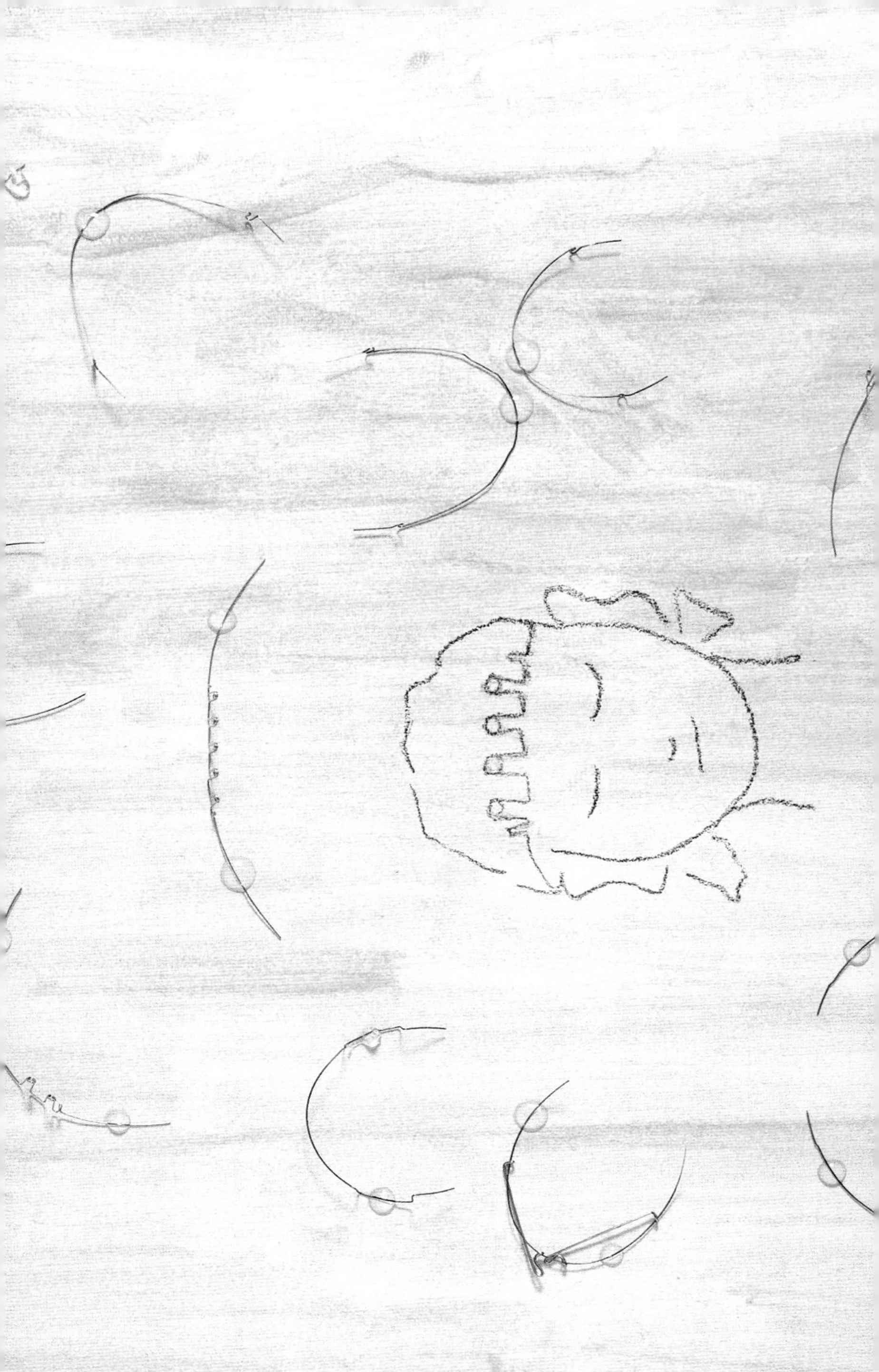

History of Jarabak Plier(R.M.)

1970 Dr. professor Joseph R. Jarabak
1970~2005 Dr. professor Lee, Myung Sook
2010~ Dr. professor Park, Young Chel

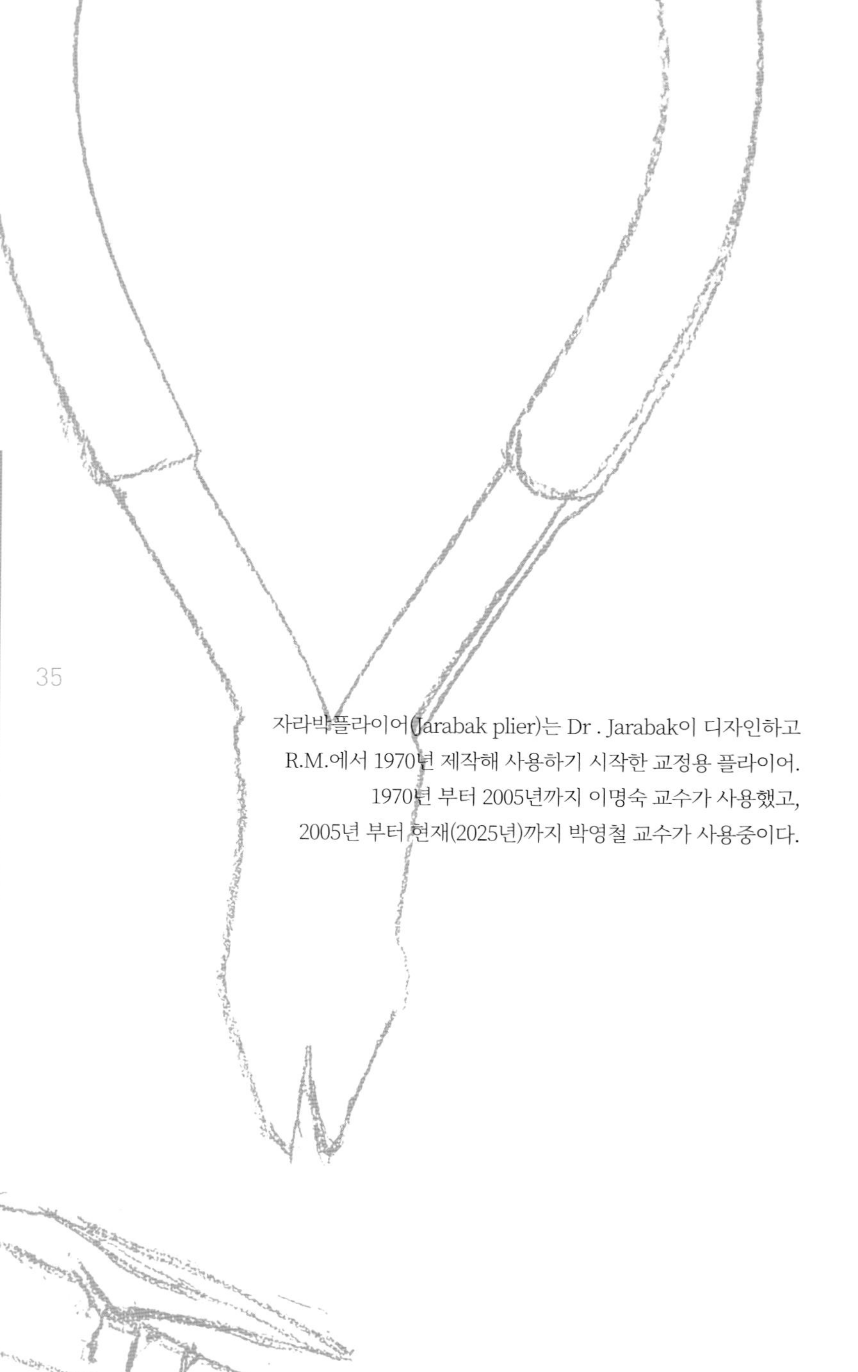

자라박플라이어(Jarabak plier)는 Dr . Jarabak이 디자인하고
R.M.에서 1970년 제작해 사용하기 시작한 교정용 플라이어.
1970년 부터 2005년까지 이명숙 교수가 사용했고,
2005년 부터 현재(2025년)까지 박영철 교수가 사용중이다.

아린 손끝에

시가 흐른 밤
언제나 그렇듯 혼자여서
흐르는 밤에 시가 운다
내가 울듯이
시가 흐르고
아린 손끝에 서러움이 흐른다 36
길었던 세월 생각하며…

37

2023년 9월 15일 길었던 세월 생각하며

윤슬

떠오르는 햇살 따라
아침에도, 달이 우는 한밤에도
때 맞춰 내 앞뜰 한강에
윤슬이 찬란하고…

나는 기쁜 낮으로 하루를 산다 38

윤슬을 그리다

아침에도
점심에도
깊은 밤에도
나는 윤슬을 그린다
내자신을 그리듯이...
39 아침에도, 점심에도, 한낮에도
나는 윤슬을 바라보며
하루를 보낸다.
꿈을 그리듯이
윤슬을 그린다
새하얀 마음으로 그린다

※ 석채를 열 번도 넘게 올리고 또 올려 두께와 깊이를 더했다

사랑이 끝나갈 때
윤슬이 머뭅니다

마음껏 다가서지도 못한 채로
사랑은 곧장 끝나가는데
여기에 바로 이 강에
윤슬이 머뭅니다

아무 흔적도 없이 그리…

사랑이었는지 아니었는지
흔적도 없이
그리 윤슬이 머물렀다 가버립니다.

배신은 아니었지요
모르고 한 일이니~~

알고 저지른 배신이면
사랑이 끝나갔네요
그 빈터에
윤슬이 머뭅니다. 잠시
아주 잠시 동안
흔적도 없이

반복이 거듭되어도
눈치채지 못한 채로

윤슬은
온 세상 물 위에
언제나 머뭅니다
보이지 않는 모습으로

그리고

강 아래에서
다시 만납니다
그곳에 윤슬이 머뭅니다

찬란한 모습으로…
해와 더불어.

2024년 7월 1일 윤슬은 있었다, 장맛비 속에도

서로 사랑하므로
가면 버려준다

노랗게 흔들리던 개나리
어느새
흔적없이 사라지고

오늘처럼
희끄무레한 날씨의
아침나절엔
윤슬이 사라진 자리에
잃어버린 흔적 위에
크고 작은 물결이 흐른다

한낮에 쨍쨍한 햇빛 비추면
짧고 희미한 미소 띄우며
어디선가 온다. 윤슬이…

내가 윤슬을 좋은 벗으로
사랑하는 이유가
여기 있다

말없이, 고달파 하지 않고
오면 받아주고
가면 버려준다.

서로 사랑하므로

45

2022년 4월 24일 일요일 낮에

밤 그리고 벚꽃

벚꽃이 밤바람에 날리면 흰색. 멀리서 보면 더 하얗다
땅 위에서는 연한 핑크색. 하루 지나면 조금 마른 핑크색. 내일엔 없다.
나는 이 벚꽃을 손가락 끝으로 그렸다. 약간 힘주면 그림자 진다.

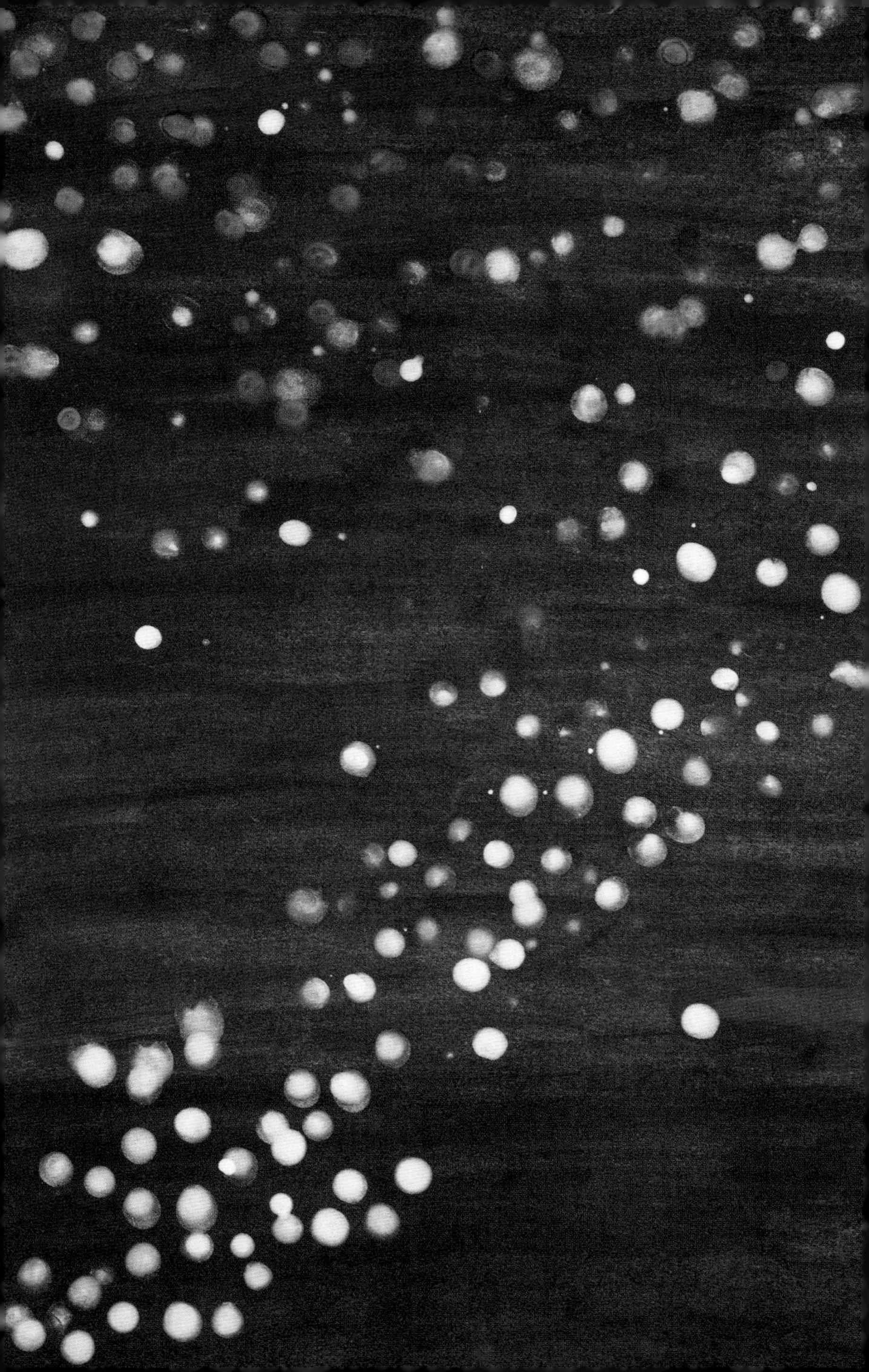

시선이 머무는 곳

검은 눈동자가 실눈 속에 머물거나 짙은 눈썹 아래 자리하고 있거나… 흥분했을 때 실핏줄이 빨갛게 눈동자를 덮고 있거나 였던 우리네 시선이 너무나 다양하게 바빠져서 어딜 보는지, 무슨 상념에 잠겨있는지 도무지 알 길이 없다

붉은 바다

꿈속에선가 붉은 바다를 보았다. 선홍색 붉은 바다는 상쾌하다.
그 바닷속에 무언가 움직인다. 살랑이며 움직인다. 푸른 바다가 뽀얗게 색을 잃은 뒤 그 아래에 붉은 바다가 웃으며 우리를 맞아준다. 행복하다.

분할

비에 젖은 아스팔트가 온갖 검은색으로 미끄러울 때 풀냄새 조용히 피우는 그린존은 말이 없다. 그저 가벼이 누워 쉰다. 미세먼지가 그 위를 날아다니며 우리네 눈도 코도 간지럽힌다. 하늘이 그 위를 덮고 있다. 미세먼지가 흘러 다닐 때 전깃줄에 하얀 빗방울이 나란히 매달려 그 영롱함을 뽐낸다. 흔들리면 더 영롱해지고 더 하얘지면서… 빗방울이 분할을 책임진다.

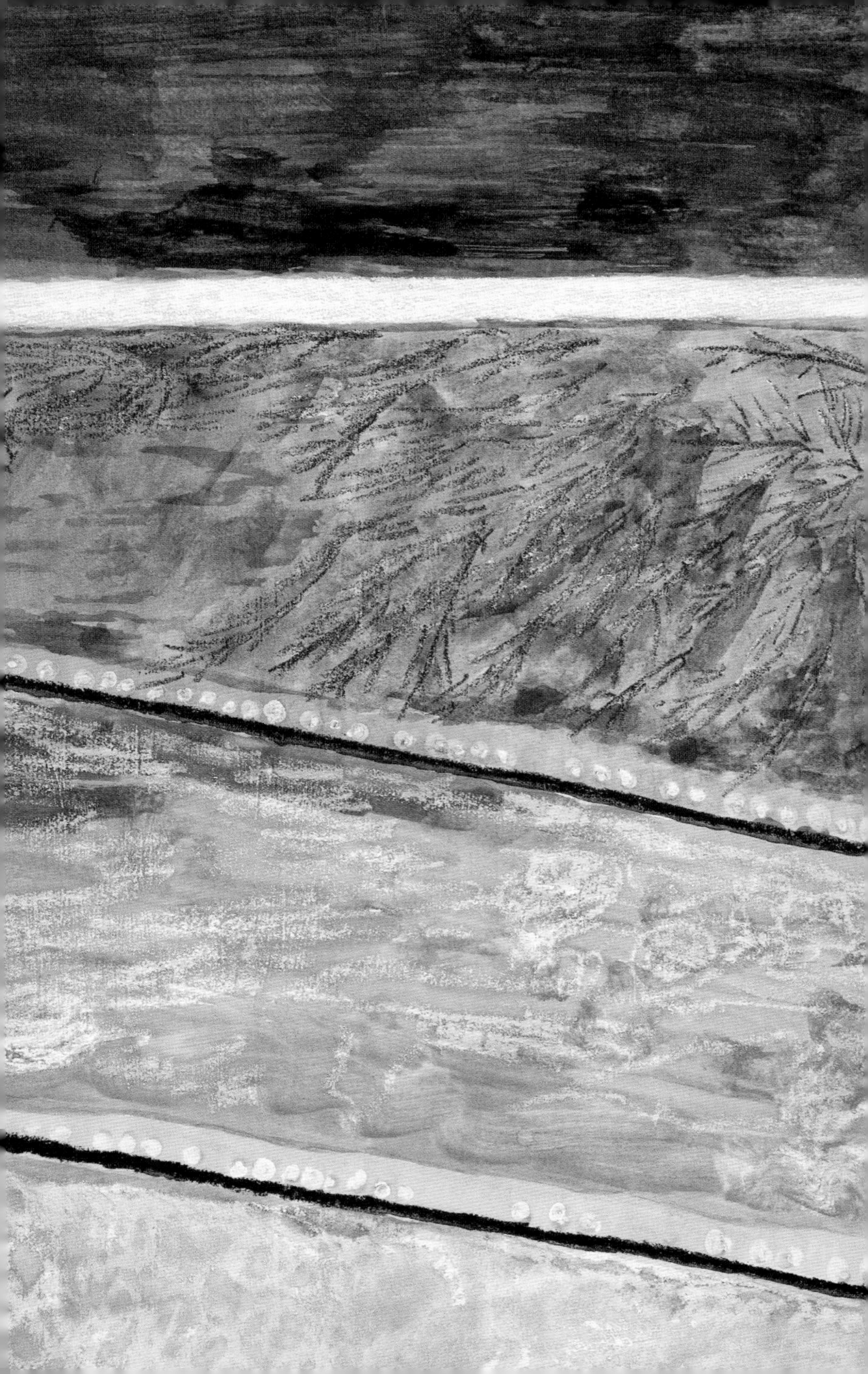

구름 그리기

'구름 그리기'가 석채화의 테마로
언제 어디서나 적당한 것은
변화를 기꺼이 받아주기 때문이다.

바람 부는 넓은 하늘에는
구름이 어느 때고
살포시 자리하고 있고
바람결 따라 온갖 형상을
자유자재로 만들어 준다.
그뿐만 아니라 항상 구름
어딘가에 천 가지 만 가지의 핑크색이
"몰랐지" 외쳐 주며 장난을 걸어온다.

그려 보면 사슴 형상이기도
여인의 나체이기도 하고
흔들리는 갈대숲이기도 하다.
순식간에 어디선가 불어오는
바람이 만들어 주는 표정들이다.

따라잡기가 매우 힘들게
속도를 내는 것은 언제나이다.
구름은 만물상이다.
웃음꽃이기도 하다.

구름 그리기 1

여름 한국의 서울 하늘은 온갖 형태의 구름이 바람결에 나부낀다. 속도도 바람 따라 변하니 급하기가 이를 데 없다. 눈 깜박하는 사이에 사슴에서 물결로, 여인의 나체에서 산봉우리로 바뀌다가 뭉개져서 희미한 안개가 되기도 한다. 사진으로 찍어서 순간을 포착하기 전에는 그 쉼 없는 변화를 따를 길이 없다. 구름 그리기는 너무 재밌는 소재이다. 나는 일몰 그리기를 즐긴다. 찬란한 오렌지색 속의 핑크빛 일몰은 언제나 눈물 나게 하는 순간이다. 너무 아름다워서… 황홀해서~~

기도

석채화가 매력적인 기법인 것은 장지 위에 석채를 올릴 때 손이나 팔꿈치 손가락 등 신체의 잘 움직여지는 부위를 마음껏 움직여 표현할 수 있는 점이다. 이 작품은 두 손의 간격을 점점 좁혀 가면서 색을 달리하면서 간절한 기도를 드리는 자세인데 이때 석채 색깔의 농담이나 두께, 색채 자체가 갖고 있는 선천적 감성 등 모든 것으로 무궁무진한 표현이 가능하다.

장지와 석채와 두 손을 오롯이 다 도구로 써서 작품을 완성시킨다. 희열이 느껴지는 순간이 아닐 수 없다. 거기에 제일 크게 작용되는 표현은 "힘"이다. 특히 손가락 끝의 힘이다.

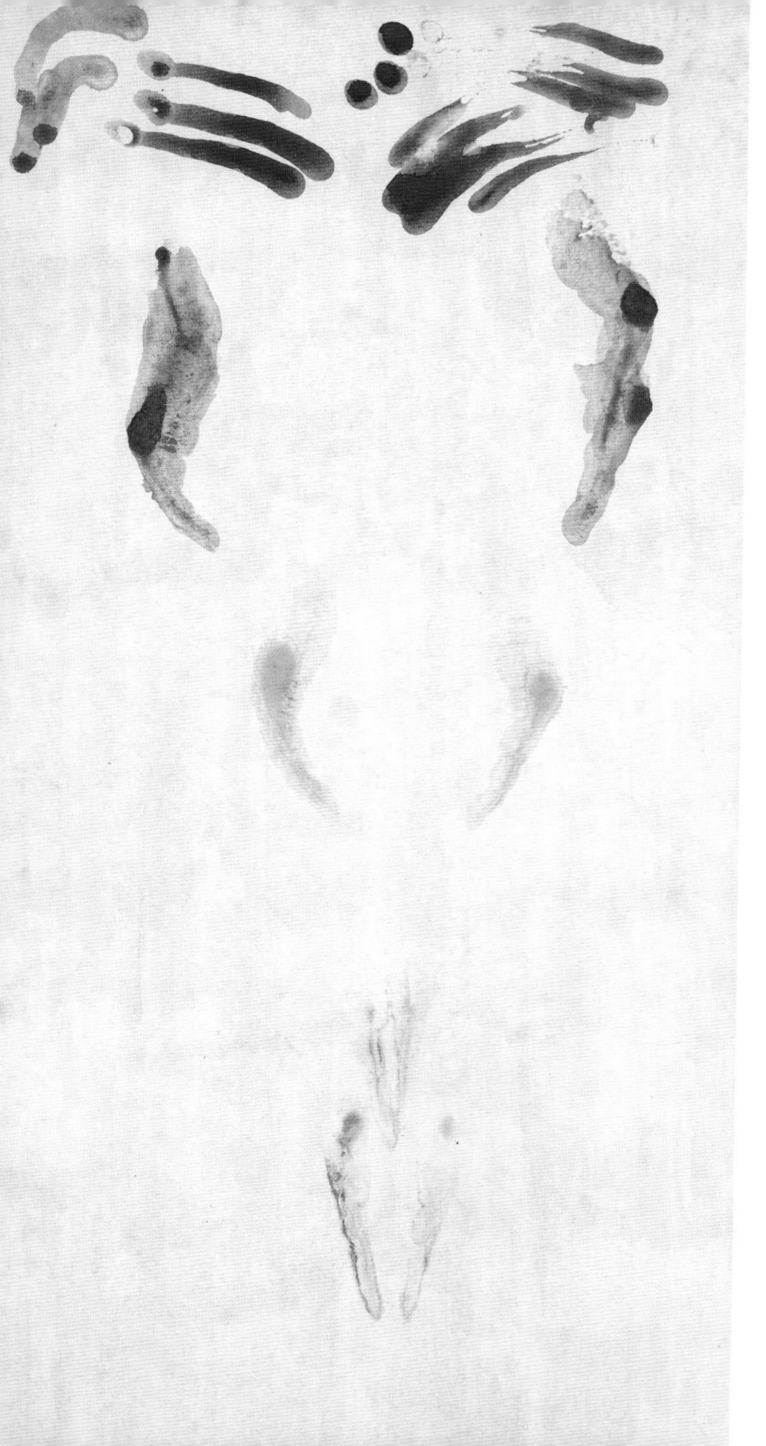

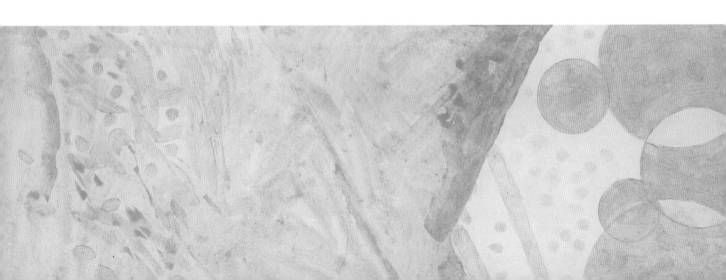

해와 달, 동서남북

나의 석채화 작업 그 1모작이다. 평생 처음 잡아보는 붓으로, 손가락 끝으로 장지에 석채를 올리며 짜릿한 교감을 느낀다. 장지+아교+석채+손끝+심장에 이른다. 남은 생 동안 해와 달이 동서남북을 지키고 알려줄 것을 믿으며…

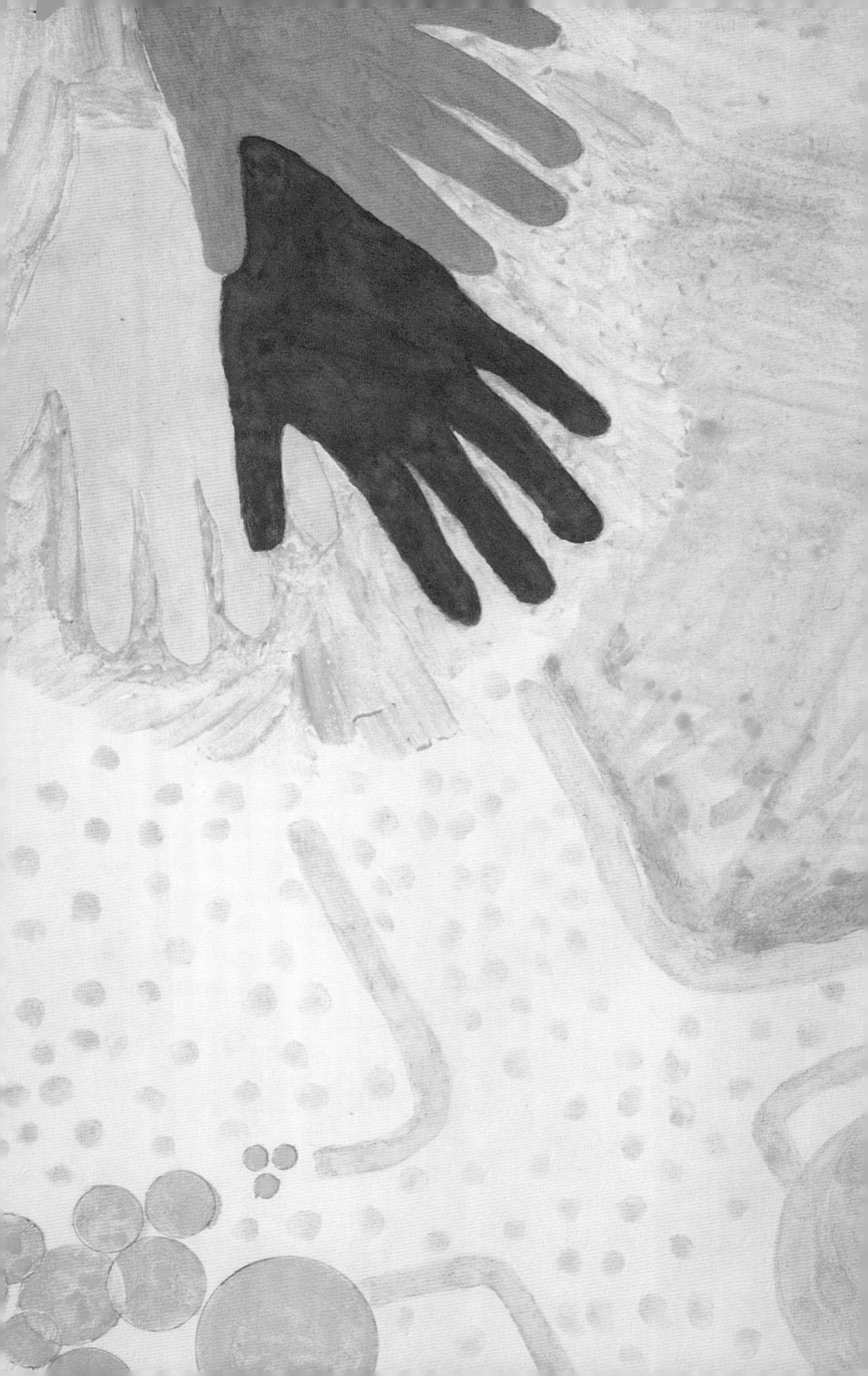

석채화

지난밤 늦게
세 번째 올린 색이 탄탄하게
그 에너지를 뽑아 내고 있는지 걱정되어
잠시 머무는 내 눈길이
잔뜩 미소 띠며 너를 바라본다

밤새 잘 말랐구나, 굳기도 하였구나
깊이도 더하였구나
내가 피곤에 젖어 옆모습으로
누워있을 때 그때
이 온갖 일들을 했구나 너는.

부지런하기가
내가 너를 빼닮았구나
아니
네가 나를 쏙 빼닮았구나
너는 내 식구로구나 이제 보니…

63

2024년 6월 어느 날 새벽녘에

'시'란

64

가슴 속에 잔잔한 물결이
이리 저리 흐르고 모여
가슴바다에 이르는 사이 사이에
말로써 글로써 표현되는
한 점이 ‘시’이다
붉기도 하고
차기도 하고
아프기도 한 한점이
‘시’이다

2022년 7월 22일

동백 그 붉음이여

가슴 가득 환희로운 붉음을 주던
동백은
툭툭거리며 울고 간다

울지 않고 가버리기엔
남은 붉음이 서러워

동백은 또 툭하고 소리내 운다.

흙 위를 덮어버린 붉음은
그 자리에서 한참을 또 운다
떠나기 싫어서…

남은 붉음이 아까워
아직
떠나지 못하고
그곳에 머문다 그리고 운다

붉음이 사라질 때까지…

2023.3.24 영진네 뒷마당의 동백나무
인규, 인성형제를 닮았다

꽃 엄마

이리도 고운 별명이 있을까.
아주 어린 시절
유리병에 꽂힌 꽃을 꿈속 인양
바라보다 잠든 때가 기억난다.
그 후로도 해바라기부터 안개꽃까지
꽃이란 꽃은 다 예뻐하며 살아왔다.
이런 삶의 한구석을
어찌 알아내고 성자 씨가
불러준 별명이 "원장님은 꽃 엄마 같다"이다.
시든 듯 보이는 꽃도 2~3주
물 주고 통풍시켜 살려내는
재주 아닌 재주 때문이다.
아파트가 건조해서 내 콧속이 마르면
나는 작은 온실에 물부터
흠뻑 뿌려준다. 얘네들도 잎이
건조한 공기 때문에 눈에 보이지
않게 마르고 있겠지 생각하곤
넘치게 물을 뿌려준다.
창문도 조금 열어둔다.
2~3일 후에 잠시 잊고 있다 바라보면 언제
그랬냐는 듯 푸르르다.
정말 "꽃 엄마 맞다"

병을 부른 꽃 향

백합향이 기도 넘어 가슴 가로 가
기도가 쓰려 본 적 있다.
까마득한 그 시절 ~ 여고시절에
꽃 향이 짙으면
몸이 상하는 증상을 불러온다는
사실을 잊고…

연보라색 스토크 너는 얼마만에
그 향기 모으고 모아
부모님 성묘길에 따라오더니
심장을 쪼개듯 때리고 가버리는구나

차라리 무향의 들꽃이었음
좋았을 것을…

71

아지랑이 핑크는
찔레꽃 색깔

붉게 피는 찔레가
하얗게 피어버린 꽃잎에
보란 듯 핑크를 묻혀두어
피면서 번지면
핑크를 감춘 백색 찔레꽃이
산과 들 비탈진 돌 틈을
그 백색 찔레로 메운다

이 백색은 아지랑이 핑크로
찔레 백색이다
핑크도 흰색도 아닌
핑크를 녹여낸 백색
숨을 죽이고 감추인 핑크를 찾아본다

아지랑이처럼 사라져버린 핑크 시절이
못내 그리워서…

나는 붉다
너를 품어서…

청명한 대낮에
아름드리 나무 한 그루
숲속 다른 나무들 보다
한껏 부풀은 마음으로 해를 품고 섰다.
어젯밤 달 뜨는 산사의 뜰보다
해 품은 대낮의 나뭇잎은
싱싱하고 붉다.

해 너를 닮아 나는 항상 붉다
해 너를 품고 나는 붉다.

천년도.
만년도.
나는 붉다.
너를 품어서…

대낮에 아름드리 나무 밑에서 2024년 푸르른 5월에

물망초

셋으로 펼쳐진 꽃잎이
보라색 꽃잎을 활짝 펴면
노란 꽃술은 반듯이 자세를 갖추어
공간을 싱그럽게 메운다.
나머지 꽃망울은 고개 숙이고
차례를 기다린다.

얌전하기 이를 데 없다
아침나절에 피었다
오후에는 언제 피었냐는 듯
싹 오무리고 꽃봉오리 자태로 돌아간다

여러 번의 반복 후에는
향기도 소리도 없이
그냥 조용히 꽃잎을 접는다

“나를 잊지 마세요” 하면서

2024년 5월

"인동초는 금은화"다

휘어 늘어진 가지 매듭마다
돌아가며 세 송이 정도씩
향기로운 인동초가 은화로 핀다.

은화향이 다해갈 무렵
은화는 금화로 바뀌면서 향이
다르게 금화향으로
향의 끝자락을 조용히 뽐낸다.

그리고 조용히 마감한다.
작게는 한두 줄기에 피었다 가고
많게는 계곡을 덮으며
마지막 향을 피운다. 서럽게…

견디기 힘든 우리네 삶을 닮았다
그 속내를 금화로 은화로
보여주면서…

계곡 가득 핀 금은화(인동초)를 향기로 기억하며…
2024년 5월 마지막주에.
어디선가 소쩍새가 쉰소리로 운다.

소쩍새 우는 밤, 우는 낮

그리운 님 만날까
"나 여기 있소."
5월의 밤을 꼬박 새우며
울고 또 울어
쉬어버린 목을
아랑곳하지 않고
울고 또 울어본다.
아~
소쩍 소쩍 소쩍…

지금 5월의 끝자락
상할대로 상한 목 부여안고
내년의 다시 만날 날을
목청에 새기고
마지막 쉰소리를
몇 번만 더 몇 저녁만 더
울어본다.

소쩍다 소쩍다 소쩍~~~

*귀기울이지 않아도 뻐꾸기는 자주 자주 낮에 울어준다.
2024년 5월의 마지막 소쩍새 울음을 기어이 듣고 말았다.
아침 9시 39분부터 얼마간.

세월이 다~ 가버린…

대파꽃이 언제 피려는지
보고 있는 긴 마음의 설레임
가습기의 습기를 보내보며

파꽃 봉오리의 얇은 피막을 본다

피막 안에서 파꽃의 성장이
보이기 시작한지 24×4시간이 지났다.

천사의 수줍은 미소인냥 피막을 열고
파꽃이 피어나는 청명한 봄날 아침

꿈꾸는 사이에 피어버릴까
밤을 지새워 파꽃을 염탐한다.

비 오시는 날 베레모를 멋지게 쓴
아버지 옆모습으로
반쯤 핀 파꽃이 내게로 왔다.

세월이 다~ 가버린 큰딸에게 왔다
살짝 달콤한 파향을 피우며
가볍게 내 어깨를 툭.

2024.4월~5월

눈부신 사랑이여

잠시 눈부셔 하는 틈에
노을빛은 사라지고 어두워진다.
내 인생처럼 그리 사라진다.
가여워라 그 노을 빛!
사라져버린 꿈이여 사랑이여!

사랑이 끝나버린 이들은
다 어디로 갔을까.
사랑에 고운 빛 입혀
속이며
다시 오려나
그 사랑빛이여 그리움이여!

한없는 쓸쓸함이여…
적막이여…
그리고
빛남이어라.

곱디 고운 글을 남긴다.
그 일이 있고 난 다음날 청명한 바깥 세상에서 달리는 자동차 소음에 젖어.
2024년 3월 24일

굴레

이 세상 누구도
나는 이런 딸이었어
나는 이런 아들이었어

이름 붙여 말할 수는 없는 거 아닌가
누구도 말이다!!

"향이 너무 진해 버림받은 스토크"
엊그제 부모님 성묘길에
연보라색 스토크 세 묶음 넉넉히 준비했다

꽃말도 '변하지 않는 사랑'이란다.
향기가 정말 반할 만큼 진하다.
성묘가 채 끝나기도 전에 속이 울렁거리더니
가슴이 쓰리면서 어지럽다.
아~ 향기가 너무 좋아 코에 갖다대고
한참을 있었더니 과했던 모양이다.
성묘길에 꽃은 당연한 선물이고 향기는
덤으로 맡게 되는데 이런 일이 생길 줄이야.
그러게 무엇이든 과하지 말아야 하는 것을…
난 잊고 "좋아라 좋아라"했구나 싶어
같이 간 50넘은 아들 앞에 민망하다.
차 창문을 열고 가야했으니…

그래 생각이 든다

꽃향이 진하면 진할수록
멀찍이서 손바람으로 향에 취하기를
꽃빛깔이 부드러워 잘 보이지 않아도
눈 가까이 가져다 대지 말기를…
좋아도 소리내어 좋아하지 말기를…

이 모든 …말기를 지켜가며
조심히 살아내는 것이
우리 인간이 참아내야 하는
굴레가 아니던가…

무사히 집에까지 와서
가져온 스토크를 버렸다.
어쩔 도리가 없어서
버릴 줄도 알아야 한다.

2024년 2월 26일 새벽녘에

까다롭지 않은 내 친구 하나, 둘, 셋

배달된 음식이 짤 때
"짠 음식은 물을 부르고,
술을부른다"며 무알코올 맥주캔 뚜껑을 재낀다.

술도 담배도 잘 하면서
더불어 함께 하지않는 재주가 있다
자기자신에 대한 엄격한 배려다.
가르치고 배워지는 것이 아닌.

수십 년 친구지만 강요하지 않는다
섭섭해 넌지시 물으면,
한결같은 대답 "그게 편해 서로"
편한 얼굴로 쳐다보며 웃는다.

웃으며 늙어가고 있다. 우리는…

2024년 2월 26일 신새벽에 깨어
친구란 무엇인가 생각든다.

웃음

더 좋은 글이
써지지 않을까봐 조바심 나는
요즈음이다.

뭐 그간에도 좋은 글
근처에도 못 갔으면서
웃긴다고… 생각하며

실제로 피식 웃는다 같잖아서…
80년 살아온 내 자신에게

미안스러워 다시 한 번
더 웃는다

누가 웃지 말라고 안 했으니까. ㅎ

2024년 2월 어느 날 아주 웃기는 날에

아픔이 모여
침묵이 되는

"세월호 10주기 추모식장에서"
아픔이 모여
침묵이 되는
4월을 보았다.
잔인한 계절 4월을.

통곡이 쌓여
눈물이 되는
4월을 보았다
가엾은 계절 4월을

바로 볼 수 없어서
숨어 보았다
잔인한 4월의 민낯을
그 고운 빛깔들을

2024년 4월 어느 날에

가족

가족이 사라진
지구촌에는
평생 혼자 살아야 하는
인간이란 동물이 있다.

아무것도 아니었고
그리고 모든 것이었다.

2024년 3월 20일 수요일 밤에

대파꽃의 일생

친구가 보여준 자트로바가
단촐해서, 매끈해서
내 집에서 자트로바 닮은
식물을 찾아 보아도 다들 화려하기만 하다.
아~ 내가 너무 컬러풀한
주변 환경에 익숙해 있었구나.
자고 일어난 새벽녘에
주방 파묶음 속에서
방긋 웃고 있는 파꽃송이를 본다
"여기 있네"
"자트로바 닮은 친구가, ㅎ"

K화백의 물방울 앞에 꽂아두고 활짝 핀 파꽃을
기다린다. 유리병 속의 물 온도를
바꾸어가며 조바심나는 속마음을 감추고
언제 피려나
오늘도 열심으로 살펴본다. 안 핀다
필 때까지 기다려야지.
꽃봉오리가 피막을 뚫고 나와서
그 모습이 초라해질 때까지
꼬박 한 달이 걸렸다.
80 나이에 우연히 알게 된
대파꽃의 일생이다.

2024년 5월 15일 스승의 날에 멀리 가버렸다.

Mrs. J를 생각하며

쌀 익는 냄새
김 굽는 냄새

Mrs.J는 쌀 익는 냄새를
못견뎌 했다
김 굽는 냄새엔 도망갔다.

언제 한번 한국 가보는 것이
꿈이라고 동네 친구들에게
미리 자랑했다.
와보지 못하고
하늘나라로 갔다.

쌀 익는 냄새
김 굽는 냄새는
Mrs. J 곁에 묻어
같이 갔으려나~
P교수도 있는 하늘나라로.

2024년 4월 11일 저녁 식사 후에
오늘은 P교수가 나를 두고 가버린 날…
17년 전 오늘 P교수는 나를 두고 가벼렸다 홀연히…

한 손에 소복한 눈 한줌을 …

작은 마음보다 더 작은
언제나 조용히
맞아주는 내 온실에
쭈그리고 앉아 있다
오~랜 시간 동안

온실 창밖엔 바람 따라
흩날리는 물기 섞인 눈이
바람에 실려 무거운 춤춘다.

소복히 쌓인 흰 눈을
그리워한
내 친구에게
작은 손 가득히 흰 눈을
모아 보내고 싶다

눈이 녹아 창가에 물방울 얼룩인다

2023년 12월 31일

불더미

벽 타고 타오르는 불꽃
선명한 불기둥의 불
그 맑은 불빛깔

그 끝 벽면 한쪽이
시작된다
타오르는 불꽃은
차지도 덥지도
아무것도 아니었고
그리고
다 타서 뭉개어진
모든 것의 합이었다.

아무것도 아니었고
그리고 모든 것이었다.

그 불꽃은
그 불더미는

꿈속에서…

2024년 2월 마지막 날에 꿈속에서

어떠리

만났다 헤어진들 어떠리
만나 보는 거지

헤어졌다 다시 보면 어떠리
쳐다보는 거지
다시는 만날 일이 없어지면
또 어떠리
그리 왔다 가는 거지
먼저 가 있으면
어차피 곧 따라 갈터이니, ㅎ

그리 왔다갔다 하는 것이
인생이고
구름길이라네

흩어져 버리는 구름길

2024년 3월 24일 바람이 찬 봄날 아침에

첫 번째
꿈 하나!

긴 시간 전에
여고 복도를
슬리퍼 얌전히 신고
걸으며
게시판에 써 붙인
유명 시인의 시를
남몰래 외우며 미소 짓는다.
나도 교복 스커트 주머니 속
작은 시집 속에
감추어둔
시 한 편의 작가가 되는
오래된 꿈 하나를 꾼다

2024년 설날 낮~밤까지

꽃구름

두고 간 님에게 못내 미안해
봄에는 철길가에 노오란 개나리로
여름엔 바람비로 눈물되어 흐르고
가을 4층 창가엔 단풍으로 스치고
겨울 눈송이에 꽃구름 되어 피었네

언제나 차디찬 손은
목덜미에 머문다.

2024년 3월 25일

자다 말고 일어나…

닮아버린 소의 눈

눈이 소의 눈을
닮았으면 싶다

소의 눈과 눈 맞춤하면
때와 장소를 가리지 않고
눈물이 고인다. 내 눈에
소보다 먼저

소 눈에 눈물이 고이면
우린 서로 외면한다. 슬퍼서

외로워서, 힘들어서…
그리고 서로 찾는다. 궁금해서…

덜 서러우려고
찾고 또 찾는다

113

2022년 5월 31일
참아지지 않는 그리움으로 인하여

적삼 겉주머니

스님 적삼 겉주머니에서
꺾은 고사리가 한가득 나온다

점심 식사 후에
커피 한잔 나누고 있는 불자들 곁에
주머니에서 나물거리가
잎으로 한줌 가득 나온다
저녁녘에는 머위대가 뒷짐 진 손에
들려있다
오며 가며 그냥 걷지도 않는다

우리네 수다가 이어지는 동안
커피 즐기고 멍 때리는 동안에도
스님 적삼 주머니 속에는
온갖 산나물거리가
시도 때도 가리지 않고
들락날락거린다. 하루종일…
일 년 내내~

우린 그 덕에 산채나물을
수도 헤일 수 없이
이름도 모르는 채로 먹기만 한다

고춧잎 어린싹에는 애기고추도
매달린 채로…

향긋한 고추향이 어린다
버림 없이 가득 채운
스님 적삼 겉주머니는
아낌없이 퍼주는 엄마 사랑을
닮았다.

그리운 우리 엄마…

2024년 5월 30일
끝내 소쩍새 울음 소리를 듣지 못한 채
잠시 처소를 비우려 한다

사랑은 무색이다

지구촌에는 구석구석마다
표현불가한 색들이 있다
그래 색이름은 짓지 말자 하고선
묘한 색의 표현은 나를 부추긴다

아지랑이 핑크는 찔레꽃 색깔
뽕잎 우린 녹차는 이끼색
마가렛 흰 물결은 씻어 말린 광목색

미나리 골 무성한 잎새는
원초적 녹색이다

고춧잎 아래 흰 꽃은
줄줄이 땅을 향해 매달릴 고추를
맺기 위해 수십 가지 그린색
그런 뒤
빨강색이다

그리고
드립으로 내리는 커피의
마지막 한 방울은 애틋한 물색

사랑은 무색이다

2024년 5월 보광사 내 처소

디테일

이 아침의 일출은
2024. 1. 1. 일출을 그대로 닮아

오늘은 벤자민 열매가
살짝 그 얼굴을 내밀어 비추고
그날은 김 양식장이 바닥에 각인된
모래선을 남겼는데…
역시
마음은 디테일에 숨겨져 있어
그걸 읽어내기는
쉽지 않다

그래 그 디테일이
문제인게지

읽어내야 할 디테일…
못 읽어내면 친구 못하지…

2024년 1월 12일 신새벽에

섞여있는 향은…

봄날이 나른한 건
섞여서 흩날리는 꽃향 때문인 듯…

향은 섞이면 냄새로 변하고
섞여서 흐르면 사람 몸에 해롭다
감당하기 힘들어서…

마냥 좋기만 한건
알아내기가 어렵다.

모르면 섞이고
섞이면 감당키 힘들다
애써서 감당하려 하면
섞여 있던 향이 거부한다.

그냥 두어둬 달라고
그래야 한다.
순수하게 고요하게 있게 해 둬야…
향이 향으로 남게된다.

인간이 인간으로 남아있게 하는
지름길인데…

대낮 마가렛 백색 정원을 눈 아래 두고
이 글을 써본다 2024 5월 마지막 주에

오늘

종일토록 비 내려
뒤척이는 허리에 비가 찰듯

멀~리 가까이로
넋을 보내 보아도
잡힐 듯 말 듯
미세한 떨림 뿐
풍경소리 닮은 떨림

촉촉한 비에 던져둔다
더 젖어들라고

2023년 12월 14일
너무 잠깐 보고와서

2023년을 보내며

함박눈 내리는 창가에서
이제 저린 발을
두손으로 쓰다듬으며…
시간 없이 두었던 공간을 거둔다

내년을 기약하며~

125

2023년 12월 30일

그대

그대 진정 몸이 슬픈가
흔들리는 슬픔의 자국들은
온몸에 담고 서서
흘러 넘치는 서러움은 또 어찌하나

황혼빛을 보며
요동치는 가슴을 품고 사는 이여
그대 있어 구름이 흐릅니다.

그대는 슬픔 가득한 몸을 세우고
가슴을 치기도
구름에게 미소를 보내기도…

2024년을 맞으며

시가 나오는 길목에 서서

오늘 잔잔한 빗소리가
가슴 구석 어디엔가 끼어있던
시어를 불러 모아
원고지를 쉽게 쉽게 메꾸어 준다

시가 빗물 따라 쉬이 흐른다
(매일 이랬으면 싶게)

*일 년에 몇 번 있을까 말까한 날이다. 시의 날이다.
가슴이 뛴다. 그 사이로 마냥 시가 흐른다.
눈물 닮은 시가 흐른다.
2024년 2월 9일 음력 설날에

그리움이 쌓인다

컴퓨터 안에도
일기장 페이지에도
내 주변에
나와 함께 한
모든 편편 속에

그리움은 쌓이고
움직일 줄 모르고

바람 내음을 남긴 사람

그이가 누구인지
묻지 말아요
옷깃을 스치며
체온을 남기고파
하는 사람

누군지 묻지 말아요.
바람 내음을
남긴 사람입니다.

호흡이 아주 긴 사람

곁에 희수 맞은 이 있으면
자그맣던 꽃잎 모아
꽃묶음으로 건네주는 사람입니다

꽃잎보다 작은 마음도 나눌 줄 아는
그런 사람입니다.

말이 없는,
눈빛만 깊은
영롱한 사람입니다.
호흡이 아주 긴 사람입니다.

2023년 9월 28일

사랑에 빠진 노인이 되어

비 오는 날에는
bus가 타고파 지는
풋풋한 중년을 마음속에
그려본다.

그의 깊은 숨 속엔
무슨 향이 어떤 모습으로
가득차 있을까
맡아보고 싶어서

그 향에 취하고 싶어서
한없이 머뭇거린다.
하루종일…
남은 세월 내내

시인이 혼자 하는 사랑

책상에 앉아 눈앞에 놓인 벽을 보며
옛사랑을 그려본다
푸르러 가슴치는 사랑을,
점심 식사 준비를 하면서
어느 지나간 날에
함께 먹던 점심을 떠올린다
진하디 진한 사랑의 마음으로

밤에 누워 천정을 보며
뜨겁게 사랑하던 그날들을
그려본다

눈 감은 채로
곁에 없는 사랑을 더듬는다
고왔던 마음과 마음

생각은 어느새 꿈이 되고
시인의 사랑은
덧없이 끝이 난다.

시인이 혼자하는 사랑이었다.

2023년 9월 23일 한낮에
서늘한 가을 바람이 불러다준 시심으로 인하여…

여행 중

잠들면 꿈
깨면 생각나지 않는
호텔방
스케줄 숙지하고
운동화 신고 걷는다

여행 중이다
청바지에 티셔츠 입고
하늘 한 번 쳐다 본다

여행 중이다.
언제나 여행 중이다. 우리는

2022년 7월 12일 오전에
꼼짝 못하는 이 시점에 여행을 그려보며…
2019년에 갔던 독일 여행 중 와인과 소시지를 떠올리며…

큰 나무

큰 나무의 그늘이 넓어 시원하다.
큰 나무의 품이 깊어 따스하다.
햇빛 한 조각 작은 해가 되어
가지 사이에 꼼짝없이 걸려있다.
서로 시침 떼고 조용히 있다.
바람이라도 불라치면
가만히 있어주며 모른척한다.
다시 달밤이 오면
푸르른 달을 안을 생각에 잠겨
지금이 편안한 대낮이다

언제나 편안한 대낮이다.

비밀이다

눈 떨림이
감추어지지 않는 사람이 있다

아마도
가슴 떨림이 눈빛으로 보이는
사람일 게다

말하지 않아도
들켜버리는 사람일 게다

양귀비잎 쌈같은 사람

갑자기 생각한다
코로나19가 내일을 끝으로
우릴 모두 쓸어간다고 예보하면
사람들은 무얼하고파 할까
나는 뭘 하고 싶을까.

한 가지 있다
"비밀이다."

2022년 2월 13일 일요일 메모지 글을 옮겨 적다

아주
못난 사랑

부슬비가 강물에 젖어드는 날
새벽녘부터 지금껏
그리고 어쩜 내일까지도
그 언제까지도
그대 생각에 젖어 있음은

아마도 서러움 아닌지…

2022년 6월 11일

그리움도 늙는다

소리없이 내리는
빗방울이
한강에 더해지듯
그리 그리움이 쌓이더니

온갖 살아있는 생명들이
그 속에서 춤추며
그립던 생각들이
덧없이 쌓여가고
여름 보슬비 속눈썹 간질이며
알려준다.

"그리움도 늙는다"고

2022년 6월 24일
아침나절에

불쑥 핀 틸란드시아는 정말 우주에서 온 걸까?

밤새 기다렸다
틸란드시아가 불쑥 피었다
보이지 않는 누군가 속삭인다
"우주 어디선가
불쑥 피어 메신저로 온 꽃 같다"
그 말 끝에 문득 보고파
손끝이 저린다. 가슴 대신에

2021년 11월 2일~11월 9일

이끼

촉촉히 물기 머금은 이끼 같은 삶
보일 듯 말 듯
먼지같은 꽃이 매달려 있네.
이끼 잎 사이사이로
물기 마르면 바로 말라버리는
꽃잎 매달고 그림 그리며 살면서도
물기 닿으면 언제 그랬냐는 듯
활짝 웃는 이끼!

2022년 7월 23일

꽃은 말고,
열매만

불현듯 왔다
벤자민 열매가
작년처럼

본 적 없는 꽃은
열매로 온다 내게
생각의 정원에 핀 꽃이
열매되어 찾는다. 나를

얼마나 기뻐하고
얼마나 반겨야 할까

가슴 떨려하며 생각해 본다
얼마나 그리워할 때
너는 내게로 오나…

영영 꽃모습 감춘 채로
영근 열매 모습으로만
내게로 오는구나, 너는…

더는 슬퍼 눈물짓지도 못하는
눈가 주름마냥…

2년째 꽃도 못 본 채 열매만
보는 슬픈 이가
나 닮은 이가 있었으면 하고…

2024년 1월 10일 수요일

개망초

고향집 아랫목 찾아
가슴 데우고 싶은 그리움
순백의 무심한 향기가 가득한
망초 그중 개망초의 흔들림 닮은
순박한 내음

한없이 되뇌어지는 그리움
끝없이 반복되는 그리움
그리고 눈물어림

오늘 흰 물결 닮은 개망초는
지난 5~6년 세월 동안
누굴 기다렸을까.

무심한 주인을

2024년 5월 21일 경주

들판이 뿌옇게 깨어나고

해뜨는 시각이 다가와
뿌옇게 깨어나면
사람들은 걸음 재촉하여 나와서
들일에 빠진다
허리를 굽힌 채…

뜨거운 태양이 온누리를 달구면
비워졌던 들판에서 채소들은
밭두렁에 기대어 자라기 시작하고
햇살 뿐인 너른 들엔
싹들이 자라는 소리가 소근소근

저녁녘에 울어대던 개구리들은
다 어디로 갔나
헤어지는 연인 닮은 모습으로

5월이 깊어가는 어느 한낮에

2023년 5월 17일

어떤 것이려나 미지의 삶은

너른 들판에 봄바람이 살살 불더니
낮에는 흙이 보슬보슬해진다
새벽녘엔 서리로 덮여 희뿌옇고
늦은 밤엔 깜깜한 대지이다
나도 흙으로 돌아가면
또 저렇게 세월을 보내며 맞으며
다른 생을 살아가겠지…
가슴 벅찬 미지의 삶…
생각만 해도 가슴이 뛴다.
파아란 하늘 올려다보며
살아갈 그 미지의 삶이란…
어떤 것이려나

161

2024년 3월 4일 토요일에

사랑

블루밍 104동 603호
이 고즈넉한 공간
나를 붙들고
놓아주지 않는다

어려웠던 생소함
이젠
내가 이 공간을
이 공간이 나를 사랑한다

어쩌면 이 공간 밖의
공간이
이 창가에 섰을 때
바깥 공간이…

나를 사랑해준다

163

2023년 1월 10일 꿈 처럼 찾아온 사랑 ➡ 눈사랑

빈 장터에서

그냥…걷지요.
그리고
혼자 웃는다
또 걸어본다 하염없이
그리고 웃어본다
겨울 찬바람이
싸하게 내 얼굴을 쓰다듬는다

2018년 1월 20일

황교수와 같이 간 죽산 재래시장에서

상사화

봄이면 뾰죽히 그 잎새를 틔우는
그리고 그 잎이 갑자기 어느 날
지고 나면
꽃대가 쭉 뻗어 오르고
그리고

분홍색 꽃이 피어오르는…
잎새와 꽃은 어느 때에도 만나지 못하는
그런 꽃 상사화

우리 볼 때 만나지 못해도
그 둘은
뿌리를 같이 하고
매년 그렇게 피어오른다.
영원토록…

상사화 그 애닯은 꽃
내 마음의 꽃.

167

2017년 8월 11월 상사화를 가슴에 새기며…

물보라

하늘이 뚫려버린듯 장맛비 쉬임 없고
아스팔트 물에 젖어 미끄러울 때
자동차는 장맛비로 물보라 일으키며
내달린다. 다시는 달릴 수 없는 것 마냥

하늘과 공기와 비 사이에
장맛비가 자리하고
장맛비와 물보라 겹쳐진
그 황망한 그곳에
장미꽃 한 송이 치인다
언제부터 였을까 아무도 모르네
아무도 모르네 언제부터 였는지를…

거기 그 아스팔트 위에
한 송이 붉은 장미가 있었음을

조용히 물보라 따라 가버렸음을.

169

2024년 어느 날 장맛비에 갇혀서

오늘은 하루가 길고 무겁다
잘 참아내고
그리고
낮잠도 자고
그리고
쉬었다

171

2023년 8월 12일 하루 종일 쉬었다 별일 없이

무심

그대 슬픈 눈빛에
'무심'이 묻어 있음을 눈치채는데
꼬박 5년 세월이 걸렸습니다

또 그만큼의 세월이 덧없이 흐르면
그대가 어떤 여인을 사랑할 수 있는지
알 수 있겠는지요

시원한 창가에 앉아
건너편 빌딩숲이 솔숲이었으면 꿈꾸는
엉뚱한 소녀가…

173

2024년 6월 어느 날

흐릿하게 오는 봄

봄이 오려나 보네
창문을 열어본다
아직은 차갑기만 하지만
분명 흐리게 봄이 느껴진다
멀리서 오지 않고 아주 가까이에서
오고 있다 봄이…

2024년 2월 24일 흐릿하게 봄이 오고 있다

넉넉한
하얀 구름 품에서

쾌청한 가을 하늘이 높게 하얀 구름을
펴들고 넉넉한 품을 벌린다
가끔은 누군가의 품이 한없이 그리운
그런 날이 있다.
너른 품 벌려 나를 안아주던 그이는
무엇이 그리도 바빴는지…

아득하기만 한 느낌 하나 싸안고
그냥 마냥 그리움 속에 묻혀
살고 있다
두툼하고 푸근했던 그 품을 기억하며
오늘 이 가을엔 넓고 높고 하얀
구름 품에 나를 맡겨본다

멀고 멀기만 한 그 느낌 떠올리며
구름 품에 안겨본다
꿈속에서 처럼…

177

2023년 9월 16일 창밖의 높고 푸른 하늘엔
흰 뭉게 구름이 가득하다

잔인한 대답

종일토록 비 내리는 날에
어제 흘리던 땀방울을 생각하며
고달픈 초대를 떠올린다

“사랑이 끝난 사람들은
다 어디로 갔을까요”
누가 물었다

제자리로 돌아가
“잘 살고 있겠지요”

너무 잔인한 대답입니다

179

그새 비 그치고
말라버린 아스팔트를 내려다보며… 한밤에
2024년 6월 8일

좋은 벗

먼길 따라 어디서 왔나
보기에 안스럽게
피곤해 보이는 장맛비

그냥 혼자
보는 것도 아니네
오래된 쓰레기, 엊그제 쓰레기
모두 모두 모아
피곤에 찌든
양팔에 부여잡고
우리네 삶을 보살펴 주려

열심으로 왔구나

내 벗이 내게
"비 오는 풍경에 멍때리는 것을
추천한다"네요
내가 멍때리는 동안
어딘가로 흘러가 버릴테지요

장맛비가 쓰레기를 양손에 담고

또 눈앞에 도달했네요
우리
언제나 그리 살아왔지요
쉬임없이 살아내는
인생입니다.

좋은 벗은
좋은 사는 법을
알려주는 벗…
언제나

빗방울

무알코올로도 아무렇지 않게 취하는
오늘은
새벽부터 내리는 비가
소리없이 전깃줄에 매달려 있고
흔들리지 않아도 빗방울 떨어져
내 눈에 내린다
속눈썹에 젖어든다
무공해 빗방울이

2024년 6월 22일 토요일 비 내리는 창가에서

꽃 이름 / 사람 이름

꽃은 꽃이면 됐지
꽃 이름이 필요 없다
꽃은 아름다우면 꽃이다

사람 이름도 마찬가지로
사람이면 되었지
사람은 진실하면 사람이다

이름은 외워야 하는 건 아니고
이름은 사람이면 되었다
이름은 사람이다

사람은 꽃을 사랑하니까...

2024년 6월 13일

붉은 바다는 어디쯤에 있나

푸르른 바다 가까이에
밝게 빛나는 물빛 그 전체에
붉게 물들어 가라앉은
붉은 바다는
깊을 만큼 깊어서
그 깊이를 알 수 없는 그쯤에
온갖 물빛을 모두 안아
붉어져 버렸다
깊고 깊은 그곳에서…

187

글을 쓴다는 것이

책 한 권을 펴내고 나면
책상과 방바닥에 널려 있던
온갖 자료들이
순간 쓰레기더미 같아진다

나는 또 새로운 얘기를 여기저기
널어놓고, 살려내야 한다
내 얘기
남의 얘기
우리들의 얘기들을

그래서
난, 외롭지 않고
슬프지 않고
그리고
괴롭지는 더더구나 아니다

글쓰기가 계속될 것이기에.
석채화를 열심히 그릴 것이기에.

189

2023년 10월 어느 황망한 날에…
구름이 너무나 빨리 흘러서 바라보다가

공연히

아침의 한순간은 '시'
한낮의 나른한 마음 조각은 '산문'으로
이른 저녁녘엔 모든 공복이 몰려온다.
그리고 맞이한 초저녁은
하루를 돌려보는 '소설'같은 시간이다.
아무것도 아닌 것을

공연히…

2024년 5월 말 어느 날에 보광사에서 맺음말을 써본다.
소쩍새 울음 소리를 들으며…

내가 존경한 나의 아버지

푸르른 하늘 닮은 아버지
반짝이는 두 눈에
살짝 눌러 쓴 베레모는
누구도 흉내 낼 수 없는

멋, 화가의 멋이었다.

열 손톱 밑에
그려진 순수한 빛깔들은
내 가슴 속 총 천연색 물감들

내가 내 손에 연연하면서
손가락 마디 마디 사랑하는 건
내 손가락이 아버지 손가락이어서…

하늘나라 가셨어도
내 손가락 속에서 아버지 손을
읽어 낸다.

2018년 "너 닮은 난이야"하며 그려주신
마지막 유작으로, 사랑스럽게 사랑을 얘기한
내 책 <연인사이>에 영원한 사랑의 증표로.
아버지께 큰딸 명숙이 드립니다.
2025년 1월

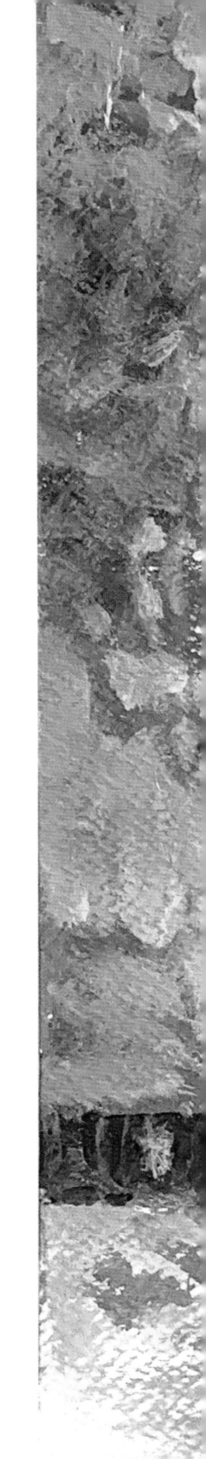

2018
JOON

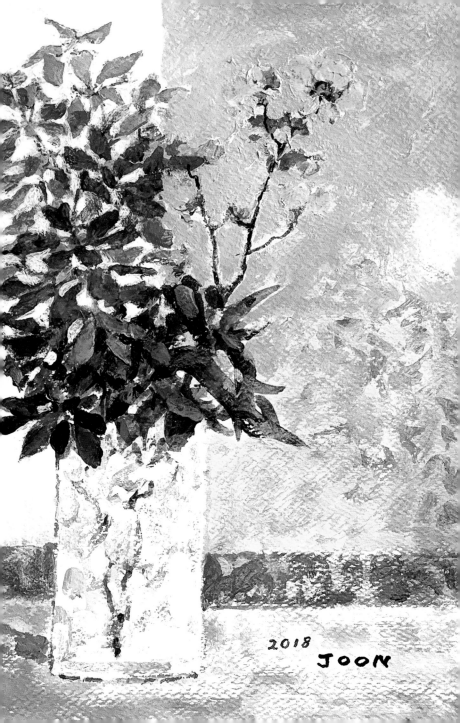

194

지은이 **영운 이명숙**

일본 오사카에서 해방둥이로 태어난 이명숙은
수송국민학교, 숙명여중고, 서울대 치대를 졸업했다.
미국 유학 시에는 세계적인 석학 Dr. Joseph R. Jarabak
문하에서 교정 전문의 과정을 수료했고
연세대 치대에서 교정학 교수를 역임했다.
서울 여의도에서 이명숙치과의원을 30년 동안 열었다.

1979년 〈옥니 썩은니 뻐드렁니〉 출간
2004년 〈뒤돌아보기〉 글 모음집.
2013년 소장전 〈마음속의 천국전〉 예화랑에서 전시_
30여 년 동안 모아 온 작품들
2022년 〈환자보고 그림 모으고 글쓰며, 여태껏 산다〉
디자인하우스 출판

1판 1쇄 인쇄 2024년 12월5일
1판 1쇄 발행 2024년 12월 23일

지은이 이명숙
그림/사진 이명숙

펴낸이 정기영
디자인 소소 크리에이티브 이선정
교열교정 정지현
인쇄 청산인쇄소

펴낸곳 모비딕북스
출판등록 2019년 1월 5일 제2020-000277호
주소 서울 용산구 서빙고로 17 센트럴파크 103동 1602호
전화 070-4779-8822
이메일 jky@mobidickorea.com
홈페이지 www.mobidickorea.com
페이스북 www.facebook.com/mobidicbooks
인스타그램 mobidic_book
유튜브 mobidicbooks

ISBN 979-11-91903-04-1
값 15,000원

KB200537